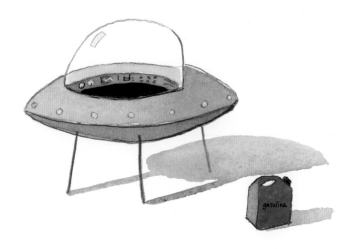

Para Suzanne

Distribución mundial

© 2007, Oliver Jeffers, texto e ilustraciones
Publicado originalmente en inglés por HarperCollins
Children's Books bajo el título: *The Way Back Home*.
El autor-ilustrador afirma el derecho moral de
identificarse como el autor-ilustrador de esta obra.

D. R. © 2008, Fondo de Cultura Económica
Carretera Picacho Ajusco 227; 14738 Ciudad de México
www.fondodeculturaeconomica.com

Editores: Miriam Martínez y Carlos Tejada
Traducción: udo araiza
Diseño gráfico: Fabiano Durand

ISBN 978-968-16-8508-9

Primera edición en inglés,   2007
Primera edición en español, 2008
    Tercera reimpresión,   2016

Jeffers, Oliver
    De vuelta a casa / Oliver Jeffers ; trad. de udo araiza.
    — México : FCE, 2008
    [32] p. : ilus. ; 27 x 26 cm — (Colec. Los Especiales de
A la Orilla del Viento)
    Título original The Way Back Home
    ISBN 978-968-16-8508-9

    I. Literatura infantil I. araiza, udo, tr. II. Ser. III. t.

LC PZ7   Dewey 808.068 J754d

Comentarios: librosparaninos@fondodeculturaeconomica.com
Tel.: (55)5449-1871.

Se terminó de imprimir en julio de 2016
El tiraje fue de 17 660 ejemplares

Impreso en China • *Printed in* China

De vuelta a Casa

Oliver Jeffers

Traducción de udo araiza

LOS ESPECIALES DE
A la orilla del viento
FONDO DE CULTURA ECONÓMICA
MÉXICO

Había una vez un niño

que un día, mientras metía
sus cosas al armario,
encontró un avión.

No recordaba haberlo dejado ahí pero
se le ocurrió que igual saldría a volar
en él inmediatamente.

El avión despegó del suelo
y se elevó hacia el cielo...

alto,   muy alto,   mucho más alto.

De repente el avión
empezó a hacer ruidos...

se había quedado sin gasolina.

Ahora el niño estaba atrapado en la luna.
¿Qué iba a hacer?

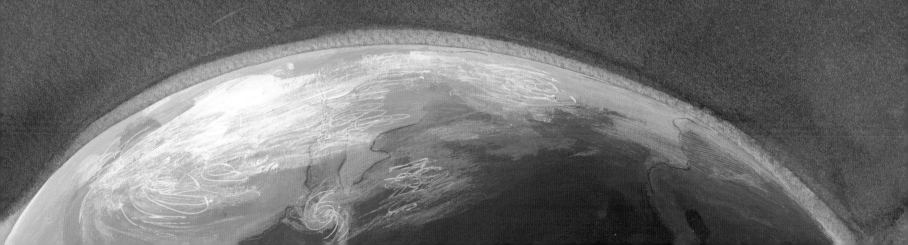

Estaba completamente solo
y asustado; pronto su linterna
se quedó sin baterías.

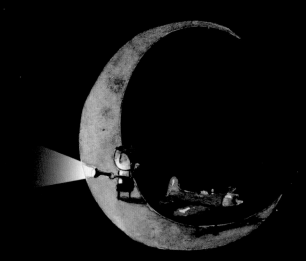

Arriba, en el espacio
exterior, alguien más también
estaba en problemas.

Su motor se había descompuesto...

y, llevando la nave
hacia una luz que titilaba,
aterrizó de golpe
en la luna.

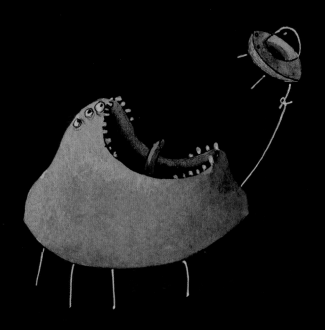

Tanto el niño como el marciano oían
ruidos en la oscuridad y ambos
temían lo peor.

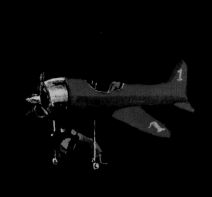

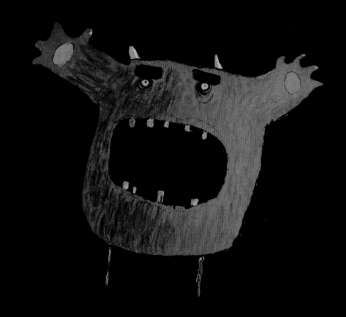

Pero cuando sus ojos se acostumbraron a la oscuridad, cada uno se dio cuenta de que había encontrado a alguien que también estaba en problemas.

Así que ya no estaban solos.

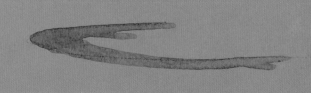

El niño le mostró al marciano su
tanque vacío y el marciano le mostró
al niño su motor descompuesto.

Juntos se pusieron a pensar cómo arreglar sus
máquinas y cómo volver a casa con ellas.

El niño brincó a la Tierra.
para recoger las cosas
que necesitarían...

brincó
hacia
abajo,
directo
al mar...

y nadó hacia su casa.

Pero cuando llegó estaba muy cansado
y se sentó en su sillón favorito,
sólo para descansar un poco.

Su programa
favorito estaba
por comenzar
y se puso a verlo.

De pronto
se acordó de lo que
tenía que hacer y corrió
al armario para tomar
lo que necesitaba.
Salió corriendo y gritó.
Pero no hubo respuesta,
no podían oírlo.

El niño
hasta un lugar
más alto,
volvió a llamar
y esperó,

Esta vez
alguien bajó
una cuerda.

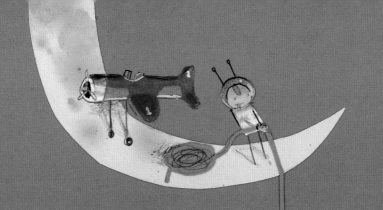

El niño empezó a subir y el marciano empezó a jalar; al poco rato, el niño estaba de regreso en la luna.

El niño reparó el motor del marciano
con la llave de tuercas apropiada y el
marciano llenó el tanque de gasolina del niño.

Se despidieron y se dieron las gracias
por la ayuda que cada uno
le había dado al otro.

Se preguntaron si volverían
a encontrarse algún día.

Después de una larga noche,
finalmente los dos pudieron
dejar la luna.

El niño tomó
un camino y
el marciano otro,
ambos de vuelta
a casa.